큰 글
한국문학선집

김기림 시선집

바다와 나비

일러두기

1. 이 시집은 『기상도(氣象圖)』(창문사, 1936), 『태양(太陽)의 풍속(風俗)』(학예사, 1939), 『바다와 나비』(신문화연구소, 1946), 『새 노래』(아문각, 1947), 『김기림 전집』1(심설당, 1988)을 참조하였다.
2. 표기는 원칙적으로 현행 맞춤법을 따랐다. 그러나 시적 효과 및 음수율과 관련된 경우는 원문의 표기를 그대로 옮겼다.
3. 원문의 " " 및 ' ' 표기는 〈 〉로 고쳤으며 필요시에는 그대로 두었다. 원문에서 ( )를 사용한 경우는 원문 표기를 따랐다.
4. 원문에서 표기한 한자의 경우는 필요시 그대로 두었다.
5. 작품 순서는 시집 발표순을 우선하고 이후 미수록 순으로 하였다.
6. 이해를 돕기 위하여 편자 주를 달았는데 이는 국립국어원의 뜻을 참조하였다.

목 차

가거라 새로운 생활로

바빌론으로
바빌론으로
작은 여자의 마음이 움직인다.
개나리의 얼굴이
여린 볕을 향할 때…….
바빌론으로 간 〈미미〉에게서
복숭아꽃 봉투가 날아왔다.
그날부터 아내의 마음은 시들어져
썼다가 찢어버린 편지만 쌓여 간다.
아내여, 작은 마음이여

너의 날아가는 자유의 날개를 나는 막지 않는다.
홀로 쌓아 놓은 좁은 성벽의 문을 닫고 돌아서는
나의 외로움은 돌아봄 없이 너는 가거라.

아내여 나는 안다.
너의 작은 마음이 병들어 있음을…….
동 트지도 않은 내일의 창머리에 매달리는 너의
얼굴 위에
새벽을 기다리는 작은 불안을 나는 본다.

가거라. 새로운 생활로 가거라.
너는 내일을 가져라.
밝아 가는 새벽을 가져라.

가을의 과수원

어린 곡예사인 별들은 끝이 없는 암흑의 그물 속으로 수없이 꼬리를 물고 떨어집니다. 포플러의 나체는 푸른 저고리를 벗기우고서 방천 위에서 느껴웁니다. 과수원 속에서는 임금(林檎) 나무들이 젊은 환자와 같이 몸을 부르르 떱니다. 무덤을 찾아다니는 잎 잎 잎……

서 남 서

바람은 아마 이 방향에 있나 봅니다. 그는 진둥나무의 검은 머리채를 찢으며 아킬레스의 다리를 가지고 쫓겨 가는 별들 속을 달려갑니다. 바다에서는 구원을 찾는 광란한 기적소리가 지구의 모-든 철요면(凸凹面)을 굴러갑니다. SOS·SOS. 검은 바다여 너는 당돌한 한 방울의 기선마저 녹여 버리려는 의지를 버리지 못하느냐? 이윽고 아침이 되면 농부들은 수없이 떨어진 별들의 슬픈 시체를 주우려 과일밭으로 나갑니다. 그러고 그 기적적인 과일들을 수레에 싣고는 저 오래인 동방의 시장 바그다드로 끌고 갑니다.

가을의 태양은
플라티나의 연미복을 입고

가을의
태양은 게으른 화가입니다.

거리거리에 머리 숙이고 마주선 벽돌집 사이에
창백한 꿈의 그림자를 그리며 다니는……

쇼윈도의 마네킹 인형은 홑옷을 벗기우고서
셀룰로이드의 눈동자가 이슬과 같이 슬픕니다.

실업자의 그림자는 공원의 연못가의 갈대에 의지
하여
살찐 금붕어를 호리고 있습니다.

가을의 태양은 플라티나의 연미복을 입고서

피 빠진 하늘의 얼굴을 산보하는
침묵한 화가입니다.

기차

레일을 쫓아가는 기차는 풍경에 대하여도 파랑 빛의 로맨티시즘에 대하여도 지극히 냉담하도록 가르쳤나보다. 그의 끝없는 여수를 감추기 위하여 그는 그 붉은 정열의 가마 위에 검은 강철의 조끼를 입는다.

내가 식당의 메뉴 뒷등에

(나로 하여금 저 바닷가에서 죽음과 납세와 초대장과 그 수없는 결혼식 청첩과 부고들을 잊어버리고 저 섬들과 바위의 틈에 섞여서 물결의 사랑을 받게 하여 주옵소서)

하고 시를 쓰면 기관차란 놈은 그 둔탁한 검은 갑옷 밑에서 커-다란 웃음소리로써 그것을 지워버린다.

나는 그만 화가 나서 나도 그놈처럼 검은 조끼를 입을까 보다 하고 생각해 본다.

꿈꾸는 진주여 바다로 가자

마네킹의 목에 걸려서 까물치는[1]
진주목도리의 새파란 눈동자는
남양(南洋)의 물결에 젖어 있고나.
바다의 안개에 흐려 있는 파―란 향수를 감추기 위
하여 너는 일부러 벙어리를 꾸미는 줄 나는 안다나.

너의 말없는 눈동자 속에서는
열대의 태양 아래 과일은 붉을 게다.
키다리 야자수는
하늘의 구름을 붙잡으려고
네 활개를 저으며 춤을 추겠지.

---

1) '까무러치는'의 준말.

바다에는 달이 빠져 피를 흘려서
미쳐서 날뛰며 몸부림치는 물결 위에
오늘도 네가 듣고 싶어 하는 독목주(獨木舟)[2]의
노 젓는 소리는
삐―걱 빼―걱
유랑할 게다.

영원의 성장을 숨 쉬는 해초의 자줏빛 산림 속에서
너에게 키스하던 상어의 딸들이 그립다지.
탄식하는 벙어리의 눈동자여
너와 나 바다로 아니 가려니?
녹슨 두 마음을 잠그러 가자

---

2) 마상이. 통나무를 파서 만든 작은 배.

토인의 여자의 진흙 빛 손가락에서
모래와 함께 새어 버린
너의 행복의 조약돌들을 집으러 가자.
바다의 인어와 같이 나는
푸른 하늘이 마시고 싶다.

페이브먼트[3]를 때리는 수없는 구두 소리.
진주와 나의 귀는 우리들의 꿈의 육지에 부딪히는
물결의 속삭임에 기울어진다.

오- 어린 바다여. 나는 네게로 날아가는 날개를
기르고 있다.

---

3) pavement. 인도, 보도.

방

　땅 위에 남은 빛의 최후의 한 줄기조차 삼켜 버리려는 검은 의지에 타는 검은 욕망이여

　나의 작은 방(房)은 등불을 켜 들고 그 속에서 술 취한 윤선(輪船)과 같이 흔들리고 있다.

　유리창 넘어서 흘기는 어둠의 검은 눈짓에조차 소름 끼치는 겁 많은 방(房)아

　문틈을 새어 흐르는 거리 위의 엷은 빛의 물결에 적시며

　흘러가는 발자국들의 포석을 때리는 작은 음향조차도 어둠은 기르려 하지 않는다.

　아름다운 푸른 그림자마저 빼앗긴

　거리의 시인 포플러의 졸아든 몸뚱어리가 거리가 꾸부러진 곳에서 떨고 있다.

아담과 이브들은

〈우리는 도시 어둠을 믿지 않는다〉고 입과 입으로 중얼거리며 층층계를 내려간 뒤

지하실에서는 떨리는 웃음소리 잔과 잔이 마주치는 참담한 소리……

높은 성벽 꼭대기에서는

꿈들을 내려 보내는 것조차 잊어버린 별들이 절망을 안고 졸고들 있다.

나는 불시에 나의 방의 작은 속삭임 소리에 놀라서 귀를 송긋인다.[4]

－어서 밤이 새는 것을 보고 싶다－

－어서 새날이 오는 것을 보고 싶다－

---

4) 쫑긋거린다.

병든 풍경

보랏빛 구름으로 선을 두른
회색의 캔버스를 등지고
구겨진 빨래처럼
바다는
산맥의 돌단(突端)5)에 걸려 퍼덕인다

삐뚤어진 성벽 위에
부러진 소나무 하나……

지치인 바람은 지금
표백된 풍경 속을
썩은 탄식처럼

---

5) 툭 불거져 나온 것의 끝부분.

부두를 넘어서
찢어진 바다의 치맛자락을 거두면서
화석 된 벼래6)의 뺨을 어루만지며
주린 강아지처럼 비틀거리며 지나간다

바위틈에 엎드려
죽지를 드리운 물새 한 마리
물결을 베고 자는
꺼질 줄 모르는 향수
짓밟혀 늘어진 백사장 위에
매 맞아 검푸른 바나나 껍질 하나
부풀어 오른 구두 한 짝을

---

6) '벼루'의 오기. 강가나 바닷가에 있는 벼랑.

물결이 차 던지고 돌아갔다
해만(海灣)은 또 하나
슬픈 전설을 삼켰나 보다
황혼이 입혀 주는
회색의 수의를 감고
물결은 바다가 타는 장송곡에 맞추어
병든 하루의 임종을 춘다……
섬을 부둥켜안는
안타까운 팔
바위를 차는 날랜 발길
모래를 스치는 조심스런 발가락
부두에 엎드려서
축대를 어루만지는

세계의 아침

비늘
돋친
해협은
배암의 잔등
처럼 살아났고
아롱진 아라비아의 의상을 두른 젊은, 산맥들

바람은 바닷가에 사라센의 비단 폭처럼 미끄럽고
오만한 풍경은 바로 오전 칠시(七時)의 절정에 가
로누웠다

헐떡이는 들 위에
늙은 향수를 뿌리는
교당의 녹슨 종소리

송아지들은 들로 돌아가려무나
아가씨는 바다에 밀려가는 윤선(輪船)을 오늘도
바래[7] 보냈다

국경 가까운 정거장
차장의 신호를 재촉하며
발을 구르는 국제열차
차창마다
〈잘 있거라〉를 삼키고 느껴서 우는
마님들의 이지러진 얼굴들
여객기들은 대륙의 공중에서 티끌처럼 흩어졌다

---

7) 바라다. 기원하다, 열망하다, 염원하다의 뜻이다.

본국에서 오는 장거리 라디오의 효과를 실험하기 위
하여
주네브로 여행하는 신사의 가족들
샴판 갑판 〈안녕히 가세요〉 〈다녀 오리다〉
선부들은 그들의 탄식을 기적에게 맡기고 자리로
돌아간다
부두에 달려 팔락이는 오색의 테이프
그 여자의 머리의 오색의 리본

전서구(傳書鳩)[8]들은
선실의 지붕에서
수도로 향하여 떠났다

---

8) 편지를 보내는 데 쓸 수 있게 훈련된 비둘기.

……수마트라의 동쪽…… 5킬로의 해상…… 일행
감기도 없다
　적도 가깝다…… 20일 오전 열시……

시민행렬

넥타이를 한 흰 식인종은
니그로의 요리가 칠면조보다도 좋답니다
살결을 희게 하는 검은 고기의 위력
의사 콜베-르 씨의 처방입니다
헬멧을 쓴 피서객들은
난잡한 전쟁 경기에 열중했습니다
슬픈 독창가인 심판의 호각소리
너무 흥분하였으므로
내복만 입은 파시스트
그러나 이태리에서는
설사제는 일체 금물이랍니다
필경 양복 입는 법을 배워낸 송미령(宋美齡) 여사
아메리카에서는
여자들은 모두 해수욕을 갔으므로

빈집에서는 망향가를 부르는 니그로와
생쥐가 둘도 없는 동무가 되었습니다
파리의 남편들은 차라리 오늘도 자살의 위생에 대
하여 생각하여야 하고
옆집의 수만이는 석 달 만에야
아침부터 지배인 영감의 자동차를 부르는
지루한 직업에 취직하였고
독재자는 책상을 때리며 오직
〈단연히 단연히〉한 개의 부사만 발음하면 그만
입니다
동양의 아내들은 사철을 불만이니까
배추장수가 그들의 군소리를 담아 가져오기를
어떻게 기다리는지 모릅니다
공원은 수상 맥도날드 씨가 세계에 자랑하는

여전히 실업자를 위한 국가적 시설이 되었습니다
교도(敎徒)들은 언제든지 치울 수 있도록
가장 간편한 곳에 성경을 얹어 두었습니다
기도는 죄를 지을 수 있는 구실이 되었습니다
〈감사합니다〉
〈아-멘〉
〈감사합니다 마님 한 푼만 적선하세요
내 얼굴이 요렇게 이지러진 것도
내 팔이 이렇게 부러진 것도
마님과 니 말이지 내 어머니의 죄는 아니랍니다〉
〈쉿! 무명전사의 기념제 행렬이다〉
뚜걱 뚜걱 뚜걱……

태풍의 기침(起寢) 시간

바기오의 동쪽
북위 15도

푸른 바다의 침상에서
흰 물결의 이불을 차 던지고
내리쏘는 태양의 금빛 화살에 얼굴을 얻어맞으며
남해의 늦잠재기 적도의 심술쟁이
태풍이 눈을 떴다
악어의 싸움 동무
돌아올 줄 모르는 장거리 선수
화란 선장의 붉은 수염이 아무래도 싫다는
따곱쟁이
휘두르는 검은 모락에
찢기어 흩어지는 구름발
거칠은 숨소리에 소름치는

어족들
해만(海灣)을 찾아 숨어드는 물결의 떼
황망히 바다의 장판을 구르며 달린
빗발의 굵은 다리
바시의 어구에서 그는 문득
바위에 걸터앉아 머리 수그린
헐벗고 늙은 한 사공과 마주쳤다
흥 〈옛날에 옛날에 파선한 사공〉인가봐
결혼식 손님이 없어서 저런 게지
〈오 파우스트〉
〈어디를 덤비고 가나〉
〈응 북으로〉
〈또 성이 났나?〉
〈난 잠자코 있을 수가 없어 자넨 또 무엇 땜에 예
까지 왔나?〉

〈괴테를 찾아다니네〉
〈괴테는 자네를 내버리지 않았나〉
〈하지만 그는 내게 생각하라고만 가르쳐 주었지
어떻게 행동하라군 가르쳐 주지 않았다네 나는 지
금 그게 가지고 싶으네〉
흠 망나니 파우스트
흠 망나니 파우스트
중앙기상대의 기사의 손은
세계의 1500여 구석의 지소(支所)에서 오는
전파를 번역하기에 분주하다

   － 제일보

저기압의 중심은
발칸의 동북

또는
남미의 고원에 있어
690밀리
때때로
적은 비 뒤에
큰 비
바람은
서북의 방향으로
35미터

    – 제이보·폭풍경보

맹렬한 태풍이
남태평양 상에서
일어나

바야흐로
북진 중이다
풍우 강할 것이다
아세아의 연안을 경계한다

한 사명에로 편성된 단파·단파·장파·단파·장파·
초단파·모−든·전파의 ·동원·

    −시(市)의 게시판

〈신사들은 우비와 현금을 휴대함이 좋을 것이다〉

쇠바퀴의 노래

허나
이윽고
태풍이 짓밟고 간 깨어진 메트로폴리스에
어린 태양이 병아리처럼
홰를 치며 일어날 게다
하룻밤 그 꿈을 건너다니던
수없는 놀람과 소름을 떨어버리고
이슬에 젖은 날개를 하늘로 펼 게다
탄탄한 대로가 희망처럼
저 머언 지평선에 뻗치면
우리도 사륜마차에 내일을 싣고
유량한 말발굽 소리를 울리면서
처음 맞는 새 길을 떠나갈 게다
밤인 까닭에 더욱 마음 달리는
저 머언 태양의 고향

끝없는 들 언덕 위에서
나는 데모스테네스보다도 더 수다스러울 게다
나는 거기서 채찍을 꺾어 버리고
망아지처럼 사랑하고 망아지처럼 뛰놀 게다

미움에 타는 일이 없을 나의 눈동자는
진주보다도 더 맑은 샛별
나는 내 속에 엎드린 산양을 몰아내고
여우와 같이 깨끗하게
누이들과 친할 게다

나의 생활은 나의 장미
어디서 시작한 줄도
언제 끝날 줄도 모르는 나는

꺼질 줄이 없이 불타는 태양
대지의 뿌리에서 지열을 마시고
떨치고 일어날 나는 불사조
예지의 날개를 등에 붙인 나의 날음은
태양처럼 우주를 덮을 게다
아름다운 행동에서 빛처럼 스스로
피어나는 법칙에 인도되어
나의 날음은 즐거운 궤도 위에
끝없이 달리는 쇠바퀴 게다

벗아
태양처럼 우리는 사납고
태양처럼 제 빛 속에 그늘을 감추고
태양처럼 슬픔을 삼켜 버리자
태양처럼 어둠을 사뤄 버리자

다음날
기상대의 마스트엔
구름조각 같은 흰 기폭이 휘날릴 게다

　-태풍경보해제

쾌청
저기압은 저 머언
시베리아의 근방에 사라졌고
태평양의 연안서도
고기압은 흩어졌다
흐림도 소낙비도
폭풍도 장마도 지나갔고
내일도 모레도

날씨는 좋을 게다

　-시(市)의 게시판

시민은
우울과 질투와 분노와
끝없는 탄식과
원한의 장마에 곰팡이 낀
추근한9) 우비일랑 벗어버리고
날개와 같이 가벼운
태양의 옷을 갈아입어도 좋을 게다

---

9) 물기가 조금 있어 축축한.

연애의 단면

애인이여

당신이 나를 가지고 있다고 안심할 때 나는 당신의 밖에 있습니다.

만약에 당신의 속에 내가 있다고 하면 나는 한 덩어리 목탄에 불과할 것입니다.

당신이 나를 놓아 보내는 때 당신은 가장 많이 나를 붙잡고 있습니다.

애인이여

나는 어린 제비인데 당신의 의지는 끝이 없는 밤입니다.

오후의 꿈은 날 줄을 모른다

날아갈 줄을 모르는 나의 날개.

나의 꿈은
오후의 피곤한 그늘에서 고양이처럼 졸립다.

도무지 아름답지 못한 오후는 꾸겨서 휴지통에나
집어넣을까?

그래도 지문학(地文學)10)의 선생님은 오늘도 지
구는 원만하다고 가르쳤다나.
갈릴레오의 거짓말쟁이.

---

10) '자연지리학'을 이르던 말.

흥 창조자를 교수대에 보내라.

하느님 단 한 번이라도 내게 성한 날개를 다고. 나는 화성에 걸터앉아서 나의 살림의 깨어진 지상을 껄 껄 껄 웃어주고 싶다.

하느님은 원 그런 재주를 부릴 수 있을까?

첫사랑

네모진 책상
흰 벽 위에 비뚤어진 세잔느 한 폭.

낡은 폐―지를 뒤적이는 흰 손가락에 부딪혀 갑자
기 숨을 쉬는 시들은 해당화.
증발한 향기의 호수.
(바닷가에서)
붉은 웃음은 두 사람의 장난을 바라보았다.

흰 희망의 흰 화석 흰 동경의 흰 해골 흰 고대의
흰 미라
쓴 바닷바람에 빨리는 산상의 등대를 비웃던 두
눈과 두 눈은
둥근 바다를 미끄러져 가는 기선들의 출항을 전송

했다.

오늘
어두운 나의 마음의 바다에
흰 등대를 남기고 간
―불을 켠 손아
―불을 끈 입김아
갑자기 창살을 흔드는 벌떼의 기적.
배를 태워 바다로 흘려보낸 꿈이 또 돌아오나 보다.

나는 그를 맞이할 준비를 해야지.
속삭임이 발려 있는 시계딱지
다변에 지치인 만년필
때 묻은 지도들을

나는 나의 기억의 흰 테이블 크로스 위에 펴 놓는다.
흥
인제는 도망해야지.

란아—
내가 돌아올 때까지
방을 좀 치워 놓아라.

옥상 정원

　백화점의 옥상 정원의 우리 속의 날개를 드리운 카나리아는 니힐리스트처럼 눈을 감는다. 그는 사람들의 부르짖음과 그리고 그들의 일기에 대한 주식에 대한 서반아의 혁명에 대한 온갖 지껄임에서 귀를 틀어막고 잠 속으로 피난하는 것이 좋다고 생각한다. 그렇지만 그의 꿈이 대체 어디 가 방황하고 있는가에 대하여는 아무도 생각해 보려고 한 일이 없다.

　기둥시계의 시침은 바로 12를 출발했는데 농 안의 호(胡)닭은 돌연 삼림의 습관을 생각해 내고 홰를 치면서 울어 보았다. 노-랗고 가-는 울음이 햇볕이 풀어져 빽빽한 공기의 주위에 길게 그어졌다. 어둠의 밑층에서 바다의 저편에서 땅의 한 끝에서 새벽의 날개의 떨림을 누구보다도 먼저 느끼던 흰 털에 감긴 붉은 심장은 인제는 '때의 전령'의 명언을 잊어버렸다. 사람들은 '무슈 루소-'의 유언은 서랍 속에 꾸겨서 넣어 두고 옥상의 분수에 메말라 버린 심장을 축이러 온다.

건물 회사는 병아리와 같이 민첩하고 튤-립과 같이 신선한 공기를 방어하기 위하여 대도시의 골목골목에 75센티의 벽돌을 쌓는다. 놀라운 전쟁의 때다. 사람의 선조는 맨 첨에 별들과 구름을 거절하였고 다음에 대지를 그러고 최후로 그 자손들은 공기에 향하여 선전한다.

거리에서는 티끌이 소리친다. '도시계획국장 각하 무슨 까닭에 당신은 우리들을 콘크리-트와 포석의 네모진 옥사 속에서 질식시키고 푸른 네온사인으로 표백하려 합니까? 이렇게 호기적인 세탁의 실험에는 아주 진저리가 났습니다. 당신은 무슨 까닭에 우리들의 비약과 성장과 연애를 질투하십니까?' 그러나 부(府)의 살수차는 때 없이 태양에게 선동되어 아스팔트 위에서 반란하는 티끌의 밑물[11]을 잠재우기 위하여 오늘도 쉬일 새 없이 네거리를 기어다닌다. 사람들은 이윽고 익사한 그들의 혼을 분수지 속에서 건져가지고 분주히 분주히 승강기를 타고 제비와 같이 떨어질 게다. 여 안내인은 그의 팡을 낳은 시(詩)를 암탉처럼 수없이 낳겠지.

　'여기는 지하실이올시다'
　'여기는 지하실이올시다'

---

11) '밑'은 밑바탕, 본바탕의 뜻이므로, 밑물은 밑바탕 혹은 본바탕이 되는 물을 일컫는 것으로 추정된다.

태양의 풍속

태양아

다만 한 번이라도 좋다. 너를 부르기 위하여 나는 두루미의 목통을 빌려 오마. 나의 마음의 무너진 터를 닦고 나는 그 위에 너를 위한 작은 궁전을 세우련다. 그러면 너는 그 속에 와서 살아라. 나는 너를 나의 어머니 나의 고향 나의 사랑 나의 희망이라고 부르마. 그리고 너의 사나운 풍속을 좇아서 이 어둠을 깨물어 죽이련다.

태양아

너는 나의 가슴 속 작은 우주의 호수와 산과 푸른 잔디밭과 흰 방천에서 불결한 간밤의 서리를 핥아 버려라. 나의 시냇물을 쓰다듬어 주며 나의 바다의 요람을 흔들어 주어라. 너는 나의 병실을 어족들의 아침을 다리고 유쾌한 손님처럼 찾아오너라.

태양보다도 이쁘지 못한 시. 태양일 수가 없는 서러운 나의 시를 어두운 병실에 켜 놓고 태양아 네가 오기를 나는 이 밤을 새워 가며 기다린다.

화물자동차

작은 등불을 달고 굴러가는 자동차의 작은 등불을 믿는 충실한 행복을 배우고 싶다.

만약에 내가 길거리에 쓰러진 깨어진 자동차라면 나는 나의 노―트에서 장래라는 페이지를 벌―써 지워버렸을 텐데……

대체 자정이 넘었는데 이 미운 시를 쓰노라고 베개로 가슴을 고인 동물은 하느님의 눈동자에는 어떻게 가엾은 모양으로 비칠까? 화물자동차보다도 이쁘지 못한 사족수(四足獸).

차라리 화물자동차라면 꿈들의 파편을 거둬 싣고 저 먼― 항구로 밤을 피하여 가기나 할 터인데……

감상 풍경

순아 이 들이 너를 기쁘게 하지 못한다는 말을 차마 이 들의 귀에 들려주지 말아라. 네 눈을 즐겁게 못하는 슬픈 벗 〈포플러〉의 호릿한 몸짓은 오늘도 방천12)에서 떨고 있다. 가느다란 탄식처럼……

아침의 정적을 싸고 있는 무거운 안개 속에서
그날
너의 노래는 시냇물을 비웃으며 조롱하였다.
소들이 마을 쪽으로 머리를 돌리고
음메- 음메- 울던 저녁에
너는 나물 캐던 바구니를 옆에 끼고서
푸른 보리밭 사이 오솔길을 배아미처럼 걸어오더라.

---

12) 둑을 쌓거나 나무를 많이 심어서 냇물이 넘쳐 들어오는 것을 막음. 또는 그 둑.

기차 소리가 죽어 버린 뒤의 검은 들 위에서

오늘

나는 뾰죽한 광이 끝으로 두터운 안개 뺄을 함부

로 찢어 준다.

이윽고 흰 배아미처럼 적막하게 나는 돌아갈 게다.

우울한 천사

푸른 하늘에 향하여
날지 않는 나의 비둘기. 나의 절름발이.

아침 해가
금빛 기름을 부어 놓는
상아의 해안에서
비둘기의 상한 날개를 싸매는
나는 오늘도
우울한 어린 천사다.

봄은 전보도 안 치고

아득한 황혼의 찬 안개를 마시며
긴—말 없는 산허리를 기어오는
차 소리
우루루루
오늘도 철교는 운다. 무엇을 우누.

글쎄 봄은 언제 온다는 전보도 없이 저 차를 타고
도적과 같이 왔구려
어머니와 같은 부드러운 목소리로
골짝에서 코고는 시냇물들을 불러일으키면서
…….
해는 지금 붉은 얼굴을 벙글거리며
사라지는 엷은 눈 위에 이별의 키스를 뿌리노라고
바쁘게 돌아다니오.

포플러들은 파—란 연기를 뿜으면서
빨래와 같은 하—얀 오후의 방천에 늘어서서
실업쟁이처럼 담배를 피우오.

봄아
너는 언제 강가에서라도 만나서
나에게 이렇다는 약속을 한 일도 없건만
어쩐지 무엇을— 굉장히 훌륭한 무엇을 가져다 줄
것만 같애서

나는 오늘도 괭이를 멘 채 돌아서서
아득한 황혼의 찬 안개를 마시며
긴—말이 없는 산기슭을 기어오는 기차를 바라본다.

커피잔을 들고

오- 나의 연인이여
너는 한 개의 슈크림이다.
너는 한 잔의 커피다.

너는 어쩌면 지구에서 알지 못하는 나라로
나를 끌고 가는 무지개와 같은 김의 날개를 가지
고 있느냐?

나의 어깨에서 하루 동안의 모든 시끄러운 의무를
내려주는 짐 푸는 인부의 일을
너는 캘리포니아의 어느 부두에서 배웠느냐?

조수

오후 두시……
머언 바다의 잔디밭에서
바람은 갑자기 잠을 깨어서는
휘파람을 불며 불며
검은 조수의 떼를 몰아가지고
항구로 돌아옵니다.

고독

푸른 모래밭에서 자빠져서
나는 물개와 같이 완전히 외롭다.
이마를 어루만지는 찬 달빛의 은혜조차
오히려 화가 난다.

이방인

낮익은 강아지처럼
발등을 핥는 바닷바람의 혓바닥이
말할 수 없이 사룹건만
나는 이 항구에 한 벗도 한 친척도 불룩한 지갑도
호적도
없는
거북이와 같이 징글한 한 이방인이다.

밤 항구

부끄럼 많은 보석장사 아가씨
어둠 속에 숨어서야
루비 사파이어 에메랄드……
그의 보석 바구니를 살그머니 뒤집니다.

인천 역

인천역 대합실의 졸린 벤치에서
막차를 기다리는 손님은 저마다
해오라기와 같이 깨끗하오.
거리에 돌아가서 또다시 인간의 때가 묻을 때까지
너는 물고기처럼 순결하게 이 밤을 자거라.

식당차

흰 테이블 보자기.

건강치 못한 화분 곁에 나란히 선

주둥아리 빼어든 알루미늄 주전자는

고개를 꺼덕꺼덕 흔들 적마다

폐마(廢馬)와 같이 월각절각 소리를 낸다.

나는 철도의 마크를 붙인 찻잔의 두터운 입술 가

에서

함경선 오백 킬로의 살진 풍경을 마신다.

마을

수수밭에 머리 수그린
겸손한 오막살이 잿빛 지붕 위를
푸른 박 덩굴이 기어 올라갔고
엉클인 박 덩굴을 내리 밟고서
허연 박꽃들이 거만하게
아침을 웃는 마을.

풍속

해변에서는 여자들은 될 수 있는 대로
고향의 냄새를 잊어버려야 한다.
먼 외국에서 온 것처럼 모두
동뜬 몸짓을 꾸며 보인다.

함흥평야

밤마다
서울서 듣던 기적소리는
사자의 울음소리 같더니
아득한 들이 푸른 것을
흰구름의 품속에 감추는 곳에서는
기차는
기러기와 같이 조그마한
나그네구나.

목장

뿔이 한 치 만한 산양의 새끼
흰 수염은 붙였으나
아기네처럼 부끄러워서
옴쑥한 밑에 달려가 숨습니다.

벼룩

너는 진정 호랑이의 가죽을 썼구나.
나의 침상을 사자와 같이 넘노는 너의 다리는
광야의 위풍을 닮았구나.

어둠 속에서 짓는 사람의 죄 위에 너털웃음을 웃
는 너.
너는 사람의 고집은 삼장에서
더러운 피를 주저 없이 빨아먹으려무나.

물

물은 될 수 있는 대로
흰 돌이 퍼져 있는 곳을 가려서 걸어다닙니다.
종잇발 속에서 그 소리를 엿듣는
팔이 부러진 허수아비는
여기서는 오직 한사람의 시인이외다.

달리아

진홍빛 꽃을 심어서
남으로 타는 향수를 기르는
국경 가까운 정거장들.

깃발

파랑 모자를 기울여 쓴 불란서 영사관 꼭대기에서는
삼각형의 깃발이 붉은 금붕어처럼 꼬리를 편다.

지중해에서 인도양에서 태평양에서
모든 바다에서 육지에서
펄 펄 펄
깃발은 바로 항해의 일 초 전을 보인다.

깃발 속에서는
내일의 얼굴이 웃는다.
내일의 웃음 속에서는
해초의 옷을 입는 나의 〈희망〉이 잔다.

바다의 아침

작은 어족의 무리들은 일요일 아침의 처녀들처럼 꼬리를 내저으면서 돌아다닙니다.

어린 물결들이 조약돌 사이를 기어 다니는 발자취 소리도 어느새 소란해졌습니다.

그러면 그의 배는 이윽고 햇볕을 둘러쓰고 물새와 같이 두 노를 펴고서 바다의 비단 폭을 쪼개며 돌아 오겠지요.

오— 먼 섬의 저편으로부터 기어 오는 안개여

너의 양털의 냅킨을 가지고 바다의 거울 판을 닦아 놓아서

그의 놀대13)를 저해하는 작은 파도들을 잠재워 다오.

---

13) 뗏목의 방향을 잡아 주기 위하여 설치하는 조종대.

제비의 가족

　새하얀 조끼를 입은 공중의 곡예사인 제비의 가족들은 어느새 그들의 긴 여행에서 돌아왔구나. 길가의 전선줄에서 부리는 너의 재주를 우리들은 퍽 좋아한다나.

　그리고 너는 적도에서 들은 수없는 이야기를 가지고 왔니.

　거기서는 끓는 물결이 태양에로 향하여 가슴을 헤치고 미쳐서 뛰논다고 하였지?

　그늘이 깊은 곳에 무화과 열매가 익어서 아가씨의 젖가슴보다도 더 붉다고 하였지?

　우리들은 처마 끝에 모여 서련다.

　그러면 너는 너의 연단에 올라서서 긴 이야기를 재잘거려라.

너의 소제부

오늘밤도 초승달은
산호로 판 나막신을 끌고서
구름의 층층계를 밟고 내려옵니다.

어서 와요 정다운 소제부.
그래서 온종일 갈앉은 티끌을
내 가슴의 하상(河床)에서 말쑥하게 쓸어줘요.
그리고는 당신과 나 손을 잡고서
물결의 노래를 들으러 바닷가로 내려가요.
바다는 우리들의 유랑한 손풍금.

동해

울룩불룩 기운찬 검은 산맥이 팔을 벌려
한 아름 둥근 바다를 안아들인 곳.
섬들은 햇볕에 검은 등을 쪼이고 있고
고깃배들은 돛을 걷고
푸른 침상에서 항해를 잊어버리고 졸고 있구려.

부디 달리는 기차여 숨소리를 죽이려무나.
조는 바위를 건드리는 수줍은 흰 물결이
놀라서 달아나면 어떻거니?

멱을 따는 아가씨 제발 이 맑은 물에 손을 적시지
말아요.
행여나 어린 소라들이 코를 찡기고
모래를 파고 숨어버릴까 보오.

오늘밤은 차에서 내려 저 숲에 숨어서
별들이 내려와서 목욕하는 것을
가만히 도적해 볼까.

비

굳은 어둠의 장벽을 시름없이 〈노크〉하는 비들의
가벼운 손과 손과 손과 손……
　그는 〈아스팔트〉의 가슴 속에 오색의 감정을 기르
며 온다.

　대낮에 우리는 〈아스팔트〉에게 향하여
　〈예끼 둔한 자식 너도 또한 바위의 종류구나〉 하
고 비웃었다.
　그렇지만 우두커니 하늘을 쳐다보는
　눈물에 어린 그 자식의 얼굴을 보렴

　루비 에메랄드 사파이어 호박 비취 야광주……
　〈아스팔트〉의 호수 면에 녹아내리는 네온사인의
음악.

고양이의 눈을 가진 전차들은(대서양을 건너는 타
이타닉 호처럼)
구원할 수 없는 희망을 파묻기 위하야 검은 추억
의 바다를 건너간다.

그들의 구조선인 듯이
종이우산에 맥없이 매달려
밤에게 이끌려 헤엄쳐 가는 어족들
여자—
사나이—
아무도 구원을 찾지 않는다.

밤은 심해의 돌단(突端)에 좌초했다.
S O S O S

신호는 해상에서 지랄하나
어느 무전대(無電臺)도 문을 닫았다.

파선(破船)

달이 있고 항구에 불빛이 멀고
축대 허리에 물결 소리 점잖건만
나는 도무지 시인의 흉내를 낼 수도 없고
〈바이런〉과 같이 짖을 수도 없고
갈매기와 같이 슬퍼질 수는 더욱 없어
상한 바위틈에 파선과 같이 참담하다.
차라리 노점에서 임금(林檎)을 사서
와락와락 껍질을 벗긴다.

해도(海圖)에 대하여

산 봉오리들의 나직한 틈과 틈을 새여 남(藍)빛
잔으로 흘러들어오는 어둠의 조수. 사람들은 마치
지난밤 끝나지 아니한 약속의 계속인 것처럼 그 칠
흑의 술잔을 들이켠다. 그러면 해는 할 일 없이 그
의 희망을 던져 버리고 그만 산모퉁이로 돌아선다.

고양이는 산기슭에서 어둠을 입고 쪼그리고 앉아
서 밀회를 기다리나 보다. 우리들이 버리고 온 행복
처럼……. 석간신문의 대영제국의 지도 위를 도마
뱀처럼 기어가는 별들의 그림자의 발자국들. 〈미스
터·볼드윈〉의 연설은 암만해도 빛나지 않는 전혀
가엾은 황혼이다.

집 이층집 강 웃는 얼굴 교통 순사의 모자 그대와

의 약속…… 무엇이고 차별할 줄 모르는 무지한 검은 액체의 범람 속에 녹여 버리려는 이 목적이 없는 실험실 속에서 나의 작은 탐험선인 지구가 갑자기 그 항해를 잊어버린다면 나는 대체 어느 구석에서 나의 해도를 편단 말이냐?

향수

나의 고향은
저 산 너머 또 저 구름 밖
아라사의 소문이 자주 들리는 곳.

나는 문득
가로수 스치는 저녁 바람 소리 속에서
여엄—염 송아지 부르는 소리를 듣고 멈춰 선다.

겨울의 노래

망토처럼 추근추근한 습지기로니
왜 이다지도 태양이 그리울까
의사는 처방을 단념하고 돌아갔다지요
아니요 나는 인생이 더 노엽지 않습니다

여행도 했습니다 몇 날 서투른 러브 신— 무척 우
습습니다
인조견을 두르고 환(還) 고향하는 어사또님도 있
습디다
저마다 훈장처럼 오만합니다 사뭇 키가 큽니다
남들은 참말로 노래를 부를 줄 아나봐

갈바람 속에 우두커니 섰는 벌거벗은 허수아비들
어느 철없는 까마귀가 무서워할까요

저런 연빛14) 하늘에도 별이 뜰 리 있나
장미가 피지 않는 하늘에 별이 살 리 있나

바람이 떼를 지어 강가에서 우짖는 밤은
절망이 혼자 밤새도록 내 친한 벗이었습니다
마지막 별이 흘러가도 아무도 소름치지 않습니다
집마다 새벽을 믿지 않는 완고한 창들이 잠겨 있
습니다

육천년 메마른 사상의 사막에서는 오늘밤도
희미한 신화의 불길들이
음산한 회의의 바람에 불려 깜박거립니다

---

14) 연색(鳶色)이 나는 빛깔.

그러나 사월이 오면 나도 이 추근추근한 계절과도
작별해야 하겠습니다
　습지에 자란 검은 생각의 잡초들을 불사뤄 버리고
　태양이 있는 바닷가로 나려가겠습니다
　거기서 벌거벗은 신들과 건강한 영웅들을 만나겠습
니다.

금붕어

금붕어는 어항 밖 대기를 오르래야 오를 수 없는
하늘이라 생각한다.
금붕어는 어느새 금빛 비늘을 입었다 빨간 꽃 이
파리 같은
꼬랑지를 폈다. 눈이 가락지처럼 삐어져 나왔다.
인젠 금붕어의 엄마도 화장한 따님을 몰라 볼 게다.

금붕어는 아침마다 말쑥한 찬물을 뒤집어쓴다 떡
가루를
흰 손을 천사의 날개라 생각한다. 금붕어의 행복은
어항 속에 있으리라는 전설과 같은 소문도 있다.

금붕어는 유리벽에 부딪혀 머리를 부수는 일이 없다.
얌전한 수염은 어느새 국경임을 느끼고는 아담하게

꼬리를 젓고 돌아선다. 지느러미는 칼날의 흉내를 내서도

항아리를 끊는 일이 없다.

아침에 책상 위에 옮겨 놓으면 창문으로 비스듬히 햇볕을 녹이는

붉은 바다를 흘겨본다. 꿈이라 가르쳐진

그 바다는 넓기도 하다고 생각한다.

금붕어는 아롱진 거리를 지나 어항 밖 대기를 건너서 지나해(支那海)의

한류를 끊고 헤엄쳐 가고 싶다. 쓴 매개를 와락와락

삼키고 싶다. 옥도(沃度) 빛 해초의 산림 속을 검푸른 비늘을 입고

상어에게 쫓겨 다녀 보고도 싶다.

금붕어는 그러나 작은 입으로 하늘보다도 더 큰 꿈을 오므려

죽여 버려야 한다. 배설물의 침전처럼 어항 밑에는 금붕어의 연령만 쌓여 간다.

금붕어는 오르래야 오를 수 없는 하늘보다도 더 먼 바다를

자꾸만 돌아가야만 할 고향이라 생각한다.

두견새

(세 학병의 영전에 드림)

어머니와 누이들 모르는 아닌 밤중
역사와 세계의 눈을 가려 가면서
큰일을 저질렀느니라
별과 천사들 굽어보며 소름쳤느니라

뾰고 흰 손길을 끌려
송이송이 꽃봉오리 검은 화차에 실려
구름과 수풀과 바다를 돌아 몰려가던 날
아무도 말려 주는 이 없어 어머니만 발을 구르셨
느니라

눈사부랑이에 맺히는 이슬 방울방울
그 아래 몸 던질 떳떳한 깃발과
잃어버린 조국의 모습을 찾으며

이적(夷狄)의 방언으로 노래 부르며 떠났느니라

분명 뜻하지 않은 기적이었느니라
흩어져 쓰러지는 이리떼 아구리[15]와 불바다에서
겨우 빼앗아 돌아온 몇 아니 남은 목숨
아무렴 횡재이며 새나라에 긴히 바치겠노라 하였느니라

기다리시는 어머니에게로 진작 돌아 못 갔음은
인제 오실 듯 오실 듯만 싶은 새나라 맞으려 함이라
아ー진정 늦었느니라 새나라 오심이여
차라리 어머니에게로 가기만 못 하였느니라

---

15) 아가리의 방언.

젊은이는 나라의 꽃이요 보배어니
젊은이를 쏘지 말라 쏘아서는 못 쓰느니라
어디서 어머니가 노려보시느니라
새나라는 정녕 꾸짖으리라

그날 어머니는 무서운 꿈 소스라쳐 깨셨으리라
별과 천사들 꼴을 찡기며 고개 돌렸느니라
오- 젊은이들 모두 이렇게 괴로운데
새나라 오심이 어찌 이리 더디시뇨

모두들 돌아와 있고나

오래 눌렸던 소리 뭉쳐

동포와 세계에 외치노니

민족의 소리고저 등불이고저

역사의 별이고저

여기 다시 우리들 모두 돌아와 있노라.

눈 부시는 월계관은 우리들 본시 바라지도 않은 것

찬란한 자유의 새나라

첩첩한 가시덤불 저편에 아직도 머니

우리들 가시관 달게 쓰고

새벽 서리길 즐거이 걸어가리.

우리들의 팔월로 돌아가자

들과 거리 바다와 기업도
모두 다 바치어 새나라 세워 가리라—
한낱 벌거숭이로 돌아가 이 나라 지줏돌 고이는
다만 쪼악돌이고저 원하던
    오— 우리들의 팔월로 돌아가자.

명예도 지위도 호사스런 살림 다 버리고
구름같이 휘날리는 조국의 깃발 아래
다만 헐벗고 정성스런 종이고저 맹세하던
    오— 우리들의 팔월로 돌아가자.

어찌 닭 울기 전 세 번뿐이랴.
다섯 번 일곱 번 그들 모른다 하던 욕된 그날이
아파

땅에 쓰러져 얼굴 부비며 끓는 눈물
눈뿌리 태우던 우리들의 팔월

먼 나라와 옥중과 총칼 사이를
뚫고 헤치며 피 흘린 열렬한 이들마저
한갓 겸손한 심부름꾼이고저 빌던
　　오- 우리들의 팔월로 돌아가자.

끝없는 노염 통분 속에서 빚어진
우리들의 꿈 이빨로 물어뜯어 아로새긴 조각
아무도 따를 이 없는 아름다운 땅 만들리라
　　하늘 우러러 외우치던 우리들의 팔월

부리는 이 부리우는 이 하나 없이

지혜와 의리와 착한 마음이 꽃처럼 피어
천사들 모두 부러워 귀순하느니라
　　내 팔월의 꿈은 영롱한 보석 바구니.

오— 팔월로 돌아가자
나의 창세기 에워싸던 향기론 계절로—
썩은 연기 벽돌더미 먼지 속에서
연꽃처럼 홀연히 피어나던 팔월
　　오— 우리들의 팔월로 돌아가자.

못

모―든 빛나는 것 아롱진 것을 빨아 버리고
못은 아닌 밤중 지친 동자처럼 눈을 감았다.

못은 수풀 한복판에 뱀처럼 서렸다
뭇 호화로운 것 찬란한 것을 녹여 삼키고

스스로 제 침묵에 놀라 소름친다
밑 모를 맑음에 저도 몰래 으슬거린다

휩쓰는 어둠 속에서 날(刃)처럼 흘김은
빛과 빛깔이 녹아 엉키다 못해 식은 때문이다

바람에 금이 가고 빗발에 뚫렸다가도
상한 곳 하나 없이 먼동을 바라본다

바다

바다
너는 벙어리처럼 점잖기도 하다.
소낙비가 당황히 구르고 지나갈 적에도
너는 놀라서 서두르는 일이 없다.

사공들은 산처럼 큰 그들의 설움일랑
네 뼈합16) 속에 담아 두려하여
해만(海灣)17)을 열고 바삐 나가더라.

사람들은 너를 운명이라 부른다.
너를 울고 욕하고 꾸짖는다.

---

16) 화장한 유골을 담아 두는 합(盒).
17) 바다와 만을 아울러 이르는 말.

허나 너는 그러한 것들의 쓰레받기인 것처럼
한숨도 눈물도 욕설도 말없이 받아 가지고 돌아서
더라.

너는 그처럼 슬픔에 익숙하냐.

바다
지금 너는 잠이 들었나 보다. 꿈을 꾸나 보다.
배에 힘을 주나 보다 꿈틀거린다.
너는 자꾸만 하늘을 담고자 애쓰나 보다.

그러나
네 마음은 아직 엉클어지지 않았다. 굳지 않았다.
그러기에 달밤에는 숨이 차서 헐떡인다.

새악시처럼 햇빛이 부끄러워 섬 그늘에 숨는다.

바다

네 살결은 하늘을 닮아서도 하늘보다 푸르구나.

바위에 베이어 쪼개지는 네 살덩이는 그러나 희기
가 눈이구나.

너는 옥 같은 마음을 푸른 가죽에 쌌구나.

바다

너는 노래 듣기를 퍽이나 좋아하더라

기적만 울어도 너는 쫑기고[18] 귀를 기울이더라.

너는 서투른 목청을 보고도 자꾸만 노래를 부르라

─────────────

18) 쫑긋거리고.

조르더라.

　바다
　너는 아무도 거둬 본 일이 없는 보료
　때때로 바람이 그런 엉뚱한 생각을 하다도 말고
　밤이면 별들이 떨어지나 어느새 아침 안개가 훔쳐 버
린다.

　바다
　너는 언제 나더러 친하다고 한 일이 없건만
　온 아침에도 잠옷 채로 창으로 달려가서
　넋 없이 또 네 얼굴을 굽어본다.

바다와 나비

아무도 그에게 수심을 일러준 일이 없기에
흰나비는 도무지 바다가 무섭지 않다.

청무우 밭인가 해서 내려갔다가는
어린 날개가 물결에 절어서
공주처럼 지쳐서 돌아온다.

삼월달 바다가 꽃이 피지 않아서 서글픈
나비 허리에 새파란 초승달이 시리다.

산양

홀로 자빠져

옛날에 옛날에 잊어버렸던 찬송가를 외워 보는 밤

산양과 같이 나는 갑자기 무엇이고 믿고 싶다.

순교자

성 스테판
피와 땀으로 산 나라 오시니
수다스런 변명을 팔아 번영하던
오- 분바른 인생의 저자 물러가라

둔한 살은 주린 이리에게 찢어 주며
뼈를 탐내는 무리에게는 뼈 갈아 던지시며
즐겨 눈보라와 벗하여 살아오신 이-

낯익은 별조차 허공에 아득한 낮과 밤
떳떳하지 못한 삶이라면 차라리
길들인 짐승처럼 죽음을 데리고 다니신 이 오시다

오직 그럴 리 없는 역사의 눈짓만 쳐다보며

여러 흐린 울과 침침한 하늘을 견디신
오- 서럽고도 꿈 많은 기상학이여

성 스테판
피와 땀으로 산 나라 오시니
수다스런 변명을 팔아 번영하던
오- 분 바른 인생의 저자 물러가라

아프리카 광상곡

숨 막히는 독와사(毒瓦斯)[19]에 썩은 티끌이 쓸려
간 뒤에
성도(聖都)의 아침에 왕조의 역사는 간 데 없고
어느새 로-마의 풍속을 단장한 추장의 따님의
흉내 내는 국가의 서투른 곡조가 웬일이냐

급한 발길을 행여 막으려 다투어 던지는
진홍빛 장미의 언덕을 박차며
열사(熱沙)를 뿜으며 몰려오는
검은 쇠바퀴…… 검은 말발굽 소리……

테-블에 쏟아지는 샴페인의 폭포.

---

19) 독가스의 오기.

〈소생하는 로마야 마셔라 기린의 피를……

정의도 상아도 문명도 석유도 우리 것이다〉

법왕(法王)의 종들과 라디오가 마을 마을에 요란

하다.

다-샨 화산에 불이 꺼진 날

새로 엮인 페-지에 세기의 범행이 임리하구나.

입담은 중인인 청(靑)나일이 혼자

애사(哀史)를 중얼거리며 애급(埃及)으로 흘더라.

오늘은 삼색기(三色旗)의 행진을 축복하는

사막의 태양.

차-나 호(湖) 푸른 거울에

오월의 얼굴이 태연하구나.

어린 공화국이여

식은 화산 밑바닥에서
희미하게 나부끼던 작은 불길
말발굽 구르는 땅 아래서
수은처럼 떨리던 샘물
인제는 모란같이 피어나라 어린 공화국이여

그늘에 감춰온 마음의 재산
우리들의 오래인 꿈 어린 공화국이여
음산한 〈근대〉의 장렬(葬列)에서 빼앗은 기적
역사의 귀동자 어린 공화국이여

오— 명예도 지위도 부귀도 다 싫소
오직 그대 가는 길 멍에 밑 즐거운 노역에 얽매어
주오

빛나는 공화국이여 그리고 안심하소서
젊은이 어깨에 그대 얹히셨으니—

어린 공화국
오— 우리들의 가슴에 차오르는 꽃봉오리여
저 대담한 새벽처럼 서슴지 말고
밤새워 기다리는 거리로 어서 다가오소서

요양원

저마다 가슴 속에 암종(癌腫)을 기르면서
지루한 역사의 임종을 고대한다.

그날 그날의 동물의 습성에도 아주 익어 버렸다.
표본실의 착한 윤리에도 아담하게 고정한다.

인생아 나는 용맹한 포수인 체 숨차도록
너를 좇아다녔다.

너는 오늘 간사한 메추라기처럼
내 발 앞에서 포도독 날아가 버리는구나.

유리창

여보
내 마음은 유린가 봐 겨울하늘처럼
이처럼 작은 한숨에도 흐려 버리니······

만지면 무쇠같이 굳은 체하더니
하룻밤 찬 서리에도 금이 갔구려

눈포래[20] 부는 날은 소리치고 우오
밤이 물러간 뒤면 온 뺨에 눈물이 어리오

타지 못하는 정열 박쥐들의 등대
밤마다 날아가는 별들이 부러워 쳐다보며 밝히오

---

20) '눈보라'의 방언.

여보
내 마음은 유린가 봐
달빛에도 이렇게 부서지니

지혜에게 바치는 노래

검은 기관차 차머리마다
장미꽃 쏟아지게 피워서
쪽빛 바닷바람 함북 안겨
비단 폭 구름장 휘감아 보내마
숨 쉬는 강철 꿈을 아는 동물아

황량한, 근대의 남은 터에 쓰러져
병들어 이지러져 반신이 피에 젖은
헬라스의 오래인 후예·이 방탕한 세기의 아름소
리21) 들으렴
자못 길들이기 어려운 짐승이더니
지혜의 속삭임에 오늘은 점잖이 기죽었구나

---

21) '앓는 소리'로 추정.

풀냄새 싱싱한 산맥을 새어
흰 물결선을 두른 뭇 대륙의 가장자리 돌아
간 데마다 암묵과 행복만이 사는 아롱진 도시
비취빛 하늘 밑 꽃밭 속의 공장에서는
기계와 피대(皮帶)가 악기처럼 울려 오리

시간과 공간이 아득하게 맞닿은 곳
거기서는 무한은 벌써 한낱 어휘가 아니고
주민들의 한이 서린 미각이리라
얽히고설킨 태양계의 수식의 그물에 걸린
날랜 타원형 하나— 새로운 별의 탄생이다

공동묘지

일요일 아침마다 양지 바닥에는
무덤들이 버섯처럼 일제히 돋아난다.

상여는 늘 거리를 돌아다보면서
언덕으로 끌려 올라가곤 하였다.

아무 무덤도 입을 벌리지 않도록 봉해 버렸건만
묵시록의 나팔 소리를 기다리는가 보아서
바람소리에조차 모두들 귀를 쫑그린다.

조수가 우는 달밤에는
등을 일으키고 넋 없이 바다를 굽어본다.

곡(哭) 백범 선생

살 깎고 피 뿌린 40년
돌아온 보람
금도 보석도 아닌
단 한 알의 탄환

꿈에도 못 잊는
조국통일의 산 생리를 파헤치는
눈도 귀도 없는 몽매한 물리(物理)여!

동으로 동으로 목말라 찾던 어머니인 땅이
인제사 바치는 성찬은 이뿐이던가

저주 받을세 옳은 민족이로다
스스로 제 위대한 혈육에

아로새기는 박해가 어찌 이처럼 숙련하냐

위태로운 때
큰 기둥 뒤따라 꺾어짐
민족의 내일에
비바람 설레는 우짖음 자꾸만
귀에 자욱하구나

눈물을 아껴 둬 무엇하랴
젊은 가슴마다 기념탑 또 하나 무너지는 소리

옳은 꿈 사랑하는 이어든 멈춰서
가슴 쏟아 여기 통곡하자

눈물 속 어리는
끝없는 조국의 어여쁜 얼굴
저마다 쳐다보며
꺼꾸러지며
그를 넘어 또다시 일어나 가리

구절도 아닌 두서너 마디

구절도 아닌 두서너 마디 더듬는 말인데도
나의 머리 수그리게 하는 한량없는 뜻은 무엇일까

조수에 뜬 별처럼 황혼에 더욱 빛나는 눈동자
도시 쳐다볼 수 없어 눈 둘 데 몰라 망설이게 함
은 무엇 때문일까
이슬 젖은 구슬처럼 눈물이 어려 한결 빛나
내 마음 꿰뚫어 휘젓는 금빛 화살아
귀 막고 눈을 감으면 조수처럼 그윽이 밀려와
내 가슴 하나 가득히 넘치는 것은 무엇일까

웅변보다 깊은 뜻 다문 입술이
말보다 무거운 눈초리들에 지탱되어
초라한 작은 생애가 보람이 있어

진달래 우거지는 언덕과 들 한없이 사랑하며
내 이 들에 즐거이 땀 흘리리라

데모크라시에 부치는 노래

나라를 판 것은 언제고 백성이 아니라
벼슬아치요 세도 댁이었다

사천년 오랜 세월을 두고
이겨 본 일이 없는 백성이다.
떳떳이 말해 본 적이 없어
참고 견디기에 소처럼 목만 부었다

지금 백성은 무언가 말하고 싶다
백성의 입을 막아서는 아니 된다
백성의 소리는 구수하고 진심이 들어 좋다

그들의 머리 위에서 하늘과 태양을 가리지 말아라
삼한 신라 적부터도 남의 것 아닌

본시 이 나라 백성의 별이요 하늘이 아니냐

인제사 그들의 역사가 시작하려는 것이다
이번은 백성들이 이겨야 하겠다
백성을 이기게 해야 하겠다

만세소리

하도 억울하여
부르는 소리 피 섞인 소리가
만세였다
총부리 앞에서 칼자국에서 채찍 아래서
터져 나오는 민족의 소리가
만세였다

무엇이라 형언할 수 없어
그저 부르는 소리가
만세였다

눌리다 눌리다
하도 기뻐 어안이 벙벙하여
그저 터져 나온 소리도

만세였다

만세는 손을 들어 함께 부르자
만세는
자유를 달라는 소리
꿈이 왔다는 소리
못 견디겠다는 소리
다시 일어난다는 소리
네 소리도 내 소리도 아닌
우리들 모두의 소리

민족과 역사와 원한과 소원을 한데 묶은
터질 듯 함축이 너무 무거워
걷잡을 수 없는 소리

폭죽처럼
별과 구름 사이에 통기는 소리였다

새 나라 송

거리로 마을로 산으로 골짜기로
이어가는 전선은 새 나라의 신경
이름 없는 나루 외따른[22] 동리일망정
빠진 곳 하나 없이 기름과 피
골고루 돌아 다사론 땅이 되라

어린 기사들 어서 자라나
굴뚝마다 우리들의 검은 꽃묶음
연기를 올리자
김빠진 공장마다 동력을 보내서
그대와 나 온 백성이 새 나라 키워 가자

산신과 살기와 염병이 함께 사는 비석이 흔한 마

---

22) '외딴'의 오기.

을에 모-터와
　전기를 보내서
　산신을 쫓고 마마를 몰아내자
　기름 친 기계로 운명과 농장을 휘몰아 갈
　희망과 자신과 힘을 보내자

　용광로에 불을 켜라 새 나라의 심장에
　철선을 뽑고 철근을 늘이고 철판을 피리자
　세멘과 철과 희망 위에
　아무도 흔들 수 없는 새 나라 세워 가자

　녹슨 궤도에 우리들의 기관차 달리자
　전쟁에 해어진 화차와 트럭에
　벽돌을 싣자 세멘을 올리자

애매한 지배와 굴욕이 좀 먹던 부락과 나루에
내 나라 굳은 터 다져 가자

새해의 노래

역사의 복수 아직 끝나지 않았음인가
먼 데서 가까운 데서 민족과 민족의 아우성 소리
어둔 밤 파도 앓는 소린가 별 무수히 무너짐인가?

높은 구름 사이에 애써 마음을 붙여 살리라 한들
저자에 사무치는 저 웅어림[23] 닿지 않을까 보냐?

아름다운 꿈 지님은 언제고 무거운 짐이리라.
아름다운 꿈 버리지 못함은 분명 형벌보다 아픈
슬픔이리라.

이스라엘 헤매던 2천년 꿈속의 고향

---

23) 웅얼거림.

시온은 오늘 돌아드는 발자국 소리로 소연코나.[24]

꿈엔들 잊었으랴? 우리들의 시온도 통일과 자주와 민주 위에 세울 빛나는 조국.

우리들 낙엽 지는 한두 살쯤이야 휴지통에 던지는 구겨진 조각일 따름

사랑하는 나라의 테두리 새 연륜으로 한 겹 굳어지라.

새해와 희망은 몸부림치는 민족에게 주자.

새해와 자유와 행복은 괴로운 민족끼리 나누어 가지자.

---

24) 떠들썩하게 야단법석이구나.

시와 문화에 부치는 노래

손을 벌리면 산 넘어서 바다 건너서
사방에서 붙잡히는 뜨거운 체온
초면이면서도 만나자마자 가슴이 열려
하는 얘기가 진리와 미의 근방만 싸고돎이 자랑일세

그대 모자 구멍이 뚫려 남루가 더욱 좋구려
거짓과 의롭지 못한 것 위에 서리는 눈초리
노염 속에 감추는 인정의 불도가니
나라 나라마다 우리들 소리 외롭지 않아 미쁘이[25]

나기 전부터도 시의 맥으로 이낀 어리석은 종족
피 아닌 계보가 보석처럼 빛나서 더욱 영롱타

---

25) 믿음직스러우이.

도연명과 한용운과 노신과 타고르
단테와 보들레르와 고리키와 오닐

포대와 국경을 비웃으며 마음 마음의 고집은 뚜껑
을 녹이며
강처럼 계절처럼 퍼져오는 거부할 수 없는 물리
메마른 사막을 축이는 샘 어둠 속에 차오는 빛
세계와 고금에 넘쳐흐르는 것이 아− 시여 문화여

오늘은 악마의 것이나

문이 아니라 벽인 것 같다
바위가 아니면 벼래
또 밑 없는 골짜기

길이 너무 험하여
두고 가는 무덤이 잦아
진달래와 두견새 울음소리 슬플 날 아직도 많을까
부다
그러나 지구는 부질없이 돌아가지는 않으리라

뭇 사라지는 것들의 망령인 것처럼
이지러진 전차와 강아지와 거지가
악을 쓰며 쫓겨 다니는 거리
모두가 헐벗고 춥고 배가 고파

악이 오른 찌푸린 거리
쓰레기 쌓인 골목을 돌아
열 스무 번 다시 일어나 가야 할 길

이 길을 돌아가야만
바다가 트인 평야로 나간다 한다

지구는 부질없이 돌아가지는 않으리라
아무리 그믐밤일지라도 저기 별이 있어 좋지 않으냐
장미와 무지개 가득 차 우리 가슴이 부풀어 좋지
않으냐

오늘은 악마의 것이나
내일은 우리의 것이다

주피터 추방

파초 이파리처럼 축 늘어진 중절모 아래서
빼어 문 파이프가 자주 거룩치 못한 원광을 그려 올린다.
거리를 달려가는 밤의 폭행을 엿듣는
추켜올린 어깨가 이 걸상 저 걸상에서 으쓱거린다.
주민들은 벌써 바다의 유혹도 말 다툴 흥미도 잃어버렸다.

간다라 벽화를 흉내낸 아롱진 잔에서
주피터는 중화민국의 여린 피를 들이켜고 꼴을 찡그린다.
'주피터 술은 무엇을 드릴까요?'
'웅 그 다락에 얹어 둔 등록한 사상일랑 그만 둬.
빚은 지 하도 오래서 김이 다 빠졌을 걸.

오늘밤 신선한 내 식탁에는 제발
구린 냄새는 피지 말아.'

주피터의 얼굴에 절망한 웃음이 장미처럼 희다.
주피터는 지금 실크해트를 쓴 영란은행(英蘭銀行)
노만 씨가
글쎄 대영제국 아침거리가 없어서
장에 계란을 팔러 나온 것을 만났다나.
그래도 계란 속에서는
빅토리아 여왕 직속의 악대가 군악만 치더라나.

주피터 씨는 록펠러 씨의 정원에 만발한
곰팡이 낀 절조들을 도무지 칭찬하지 않는다.
별처럼 무성한 온갖 사상의 화초들.

기름진 장미를 빨아먹고 오만하게 머리 추어든 치
욕들.

주피터는 구름을 믿지 않는다. 장미도 별도……
주피터의 품 안에 자빠진 비둘기 같은 천사들의
시체.
검은 피 웅크린 날개가 경기구처럼 쓰러졌다.
딱한 애인은 오늘도 주피터더러 정열을 말하라고 조
르나
주피터의 얼굴에 장미 같은 웃음이 눈보다 차다.
땅을 밟고 하는 사랑은 언제고 흙이 묻었다.

아무리 때려 보아야 스트라빈스키의 어느 졸작보
다도

이쁘지 못한 도, 레, 미, 파…… 인생의 일주일.
은단추와 조개껍질과 금화와 아가씨와
불란서 인형과 몇 개 부스러진 꿈 조각과……
주피터의 놀음감은 하나도 재미가 없다.

몰려오는 안개가 겹겹이 둘러 싼 네거리에서는
교통순사 로랑 씨 루즈벨트 씨 기타 제씨가
저마다 그리스도 몸짓을 흉내 내나
함부로 들어가는 붉은 불 푸른 불이 곳곳에서 사
고만 일으킨다
그 중에서도 프랑코 씨의 직립부동의 자세에 더군
다나 현기증이 났다

주피터 너는 세기의 아픈 상처였다.

악한 기류가 스칠 적마다 오슬거렸다.
주피터는 병상을 차면서 소리쳤다
'누덕이불로라도 신문지로라도 좋으니
저 태양을 가려다고.
눈먼 팔레스타인의 살육을 키질하는 이 건장한
대영제국의 태양을 보지 말게 해 다고.'

주피터는 어느 날 아침 초라한 걸레조각처럼 때
묻고 해어진
수놓는 비단 형이상학과 체면과 거짓을 쓰레기통
에 벗어 팽개쳤다.
실수 많은 인생을 탐내는 썩은 체중을 풀어 버리고
파르테논으로 파르테논으로 날아갔다.

그러나 주피터는 아마도 오늘 셀라시에 폐하처럼
해어진 망토를 두르고
무너진 신화가 파묻힌 폼페이 해안을
바람을 데리고 혼자서 소요하리라.

주피터 승천하는 날 예의 없는 사막에는
마리아의 찬양대도 분향도 없었다.
길 잃은 별들이 유목민처럼
허망한 바람을 숨 쉬며 떠다녔다.
허나 노아의 홍수보다 더 진한 밤도
어둠을 뚫고 타는 두 눈동자를 끝내 감기지 못했다.

우리들 모두의 꿈이 아니냐

순(順)이 준 꽃병과 팔뚝의 크롬시계사 내 것이지만
아— 저 푸른 넓은 하늘이야
난(蘭)의 것도 영(英)의 것도 내 것도 아닌
우리 모두의 하늘이 아니냐

들을 보아라 그러고 바다를
해당화 수놓은 백사장
넘실거리는 보리 이삭 벼 초리26)
아청 바다에 연이은 초록빛 벌판은
아— 영(英)의 것도 난(蘭)의 것도 아닌
우리들 모두의 것이 아니냐

_____

26) 어떤 물체의 가늘고 뾰족한 끝 부분.

하룻밤 무언가 한없이 아름다운
꿈을 꾸다가 눈을 떴더니
무슨 진주나 잃은 것처럼 몹시도 서글픔은
모두 즐겁고 살찌고 노래하고 나무라지 않는 곳이
었기 때문
아— 그것은 난(蘭)의 것도 영(英)의 것도 내 것도
아닌
우리들 모두의 꿈이었구나

바다도 산도 꿈도
아— 저 넓은 하늘이야 말할 것도 없이
우리들 모두의 것이 아니냐
모두 즐겁고 살찌고 노래하며
영(英)이도 난(蘭)이도 순(順)이도 나도 함께 살

나라의
　하늘과 들과 바다와 꿈이 아니냐

우리들의 악수

일만 가슴인데
만으로 천만인 가슴인데
한 갈래로 울리는 신기한 울림은
막을래 막을 수 없는 울림은 무엇이냐
별보다도 확실한 걸음걸이
보이지 않는 그러면서도
굽힐 수 없는 강철의 궤도를 구르는
쇠바퀴리라

함부르크 룩셈부-르크
로잔
카이로 캘커타 하노이
시카고와 에든버러
거리를 무시하는 날랜 전파

핏줄과 같이 화끈한 것은
황혼에 빛나는 한 떨기 장미 같은 웃음
내일에 부치는 약속이리라

무너져 가는 제국
관절이 부은 자본주의
피사의 탑을 지탱하는 물리학도
드디어 건질 수 없는
기울어지는 것들의 운명이다
만 가슴 만만 가슴을
견딜 수 없이 구르는 것은
미래로 뻗은 두 줄기 빛나는 강철
보랏빛 미명에 감기운 길이다

우리들의 악수는
내일
한 바퀴 지구가 돌아간 곳에서 하자

파도소리 헤치고

꽃바다
깃발바다
파도소리 헤치고
밀물쳐 들어온다
티끌 쓴 기동부대 해방의 병사들이
오만한 요새선과 철조망
실색(失色)한 포로 꺾어진 총칼더미 박차 흩으며

잃어버렸던 조국의 아침이다
눈물 걷고 쳐다보아라 형제들아
산맥과 거리와 마을마다
독사처럼 서렸던 사슬도 돌벽도 쇠창살도
민족의 핏줄에 깊이 박혔던 표독한 이빨도 발톱도
갑갑하던 화약 연기와 함께 하루아침 스러졌다

화려한 아침
고대하던 태양이다

하늘가에서
먼 나라에서
옥중에서
채찍 아래서 창끝에서
이름 없는 전장에서
눈감지 못한 채 꺼꾸러진 형제들
인제야 모두 한 번씩만이라도 얼굴 돌려
뚫어진 안공(眼孔)에 비추는
풀리운 조국의 일어서는 모양 바라보라
악물린 이빨 벌려 웃어보라

피 엉킨 구절 구절

떨리는 글장

삐뚤어진 역사의 여울물 소리

아세아의 밤중에 사무친 지 몇몇 해냐

잠겼던 바다 바다

오늘은 침략의 흡반이 아닌 항구마다

해방하는 함대 자유의 병사들이 들어온다

노랫소리

파도소리

목 메인 만세소리 헤치며

거리 거리

마을마다 부두마다

꽃바다

깃발바다
만백성 흐렸던 마음에 떠오르는
다시 돌아온 그립던 모습
웃음 띄우는 조국의 얼굴아
아청빛 비단 폭에 감아
새 시대의 길 앞에 받들어 올리는
꽃묶음 하나
정초히 나부낀다

인민공장에 부치는 노래

검은 연기를 올려
은하라도 가려 버려라
그러나 샛별만은 남겨 두어라

창마다 뿜는 불길은
어둠을 흘기는 우리들의 눈짓
지금은 한구석이나

머지않아 모두가 돌아가겠지
다만
제일 소중한 것을 저버리지만 않으면 그만이다
팔월이 가져 왔던 저 큰 희망 말이다

그대 옆에

용광로는 꺼지지 않았느냐

그대 앞에

화통은 달은 대로 있느냐

그것이 꺼지면 우리들의 심장도 꺼진다

선반에 다가서자

희망 곁에 가까이 있자

피대(皮帶)27)와 치륜(齒輪)28)마다 우리들의 체온

을 돌리자

힘 있게 살고 있으며 자라난다고

새벽에 사이렌을 울리자

동트기 전에 뚜-를 울리자

---

27) 벨트.

28) 톱니바퀴.

파도

좀먹는 왕궁의 기둥뿌리를 흔들며

월가(街) 하늘 닿는 집들을 휘돌아

배미는 문짝을 젖히며 창살을 비틀며

향기와 같이

조수와 같이

음악과 같이

바람과 같이

또

구름과 같이

모ー든 그런 것들의 파도인 것처럼

아ー 새 세계는 다닥쳐29) 오는구나

---

29) 다닥치다. 일이나 사건 따위가 가까이 이르다.

이름 지을 수 없으면서도
그러나
항거할 수도 없이
확실하게
뚜렷하게

아-무 타협도 여유도
허락지 않으면서
시시
각각으로
모양을 갖추면서 다가오는 것
아- 파도여 너는 온 지평선을 골고루 퍼져 오는
구나

어둠침침한 산협을 지나 낭떠러지 벼랑을 스쳐 들을 건너

개나리

버찌

진달래

나리 창포꽃 일일이 삼켜 가며 여러 밤과 밤

쏟아지는 별빛을 녹여 담아 가지고

강은 지금 둥그렇게 굽이치며 파도쳐 온다

여러 육지와 바다 뒤덮으며 휘몰려 온다

벌써

너도 아니고 나도 아닌

너나 나나

출렁이는 파도의 지나가는 파문일 뿐

얽히고설킨 파동의 이 굽이 저 굽이일 뿐

아- 지금
파도는 굴러온다
무너진다
쓰러진다
떼민다
박찬다
뒹구나 보다

이
호탕한 범람 속에
모-든 우리들의 어저께를 파묻자
찢어진 기억을 쓸어 보내자

지금 파도를 막을 이 없다

그는 아무의 앞에서도 서슴지 않는다
파도는
먼
내일의 지평선을
주름잡으며
항거할 수 없이
점점
다가올 뿐이다

저녁별은 푸른 날개를 흔들며

높은 하늘의 별에 달리는 수도원의 여승들의 염주를 헤이는 소리 소리 소리—

메마른 개천의 잠든 하상(河床)에 돌멩이를 베고 미꾸라지는 〈가르랑 가르랑〉 텅 빈 창자를 틀어쥔다 천기예보에는 아직도 비 이야기가 없다

깊은 공기의 퇴적 아래 자빠진 거리 위를 포도주의 물결이 흐른다 조개의 가벼운 속삭임—

네온사인처럼 투명한 바다풀의 유혹— 바다는 푸르다

사람들은— 본능적인 어린 어족의 무리들은 그물

을 뚫고 시든 심장을 들고 바다의 써늘한 바람으로
뛰어 나온다

　꿈의 조약돌을 담은 바스켓을 들고 푸른 날개를
흔들며 천사와 같이 빌딩의 우울한 지붕 위를 나려
오는 초저녁별－

　어서 와요 푸른 천사여 나의 꿈은 지금 나의 차디
찬 침실에서 시들었습니다 거꾸러진 나의 화병에
당신의 장미의 꿈을 피우려 아니 옵니까－

시론

-여러분-
여기는 발달된 활자의 최후의 층계올시다
단어의 시체를 짊어지고
일본 종이의
표백한 얼굴 위에
거꾸러져
헐떡이는 활자-

〈뱀〉을 수술한
백색 무기호 문자의 해골의 무리-
역사의 가슴에 매어 달려
죽어가는 단말마
시의 새파란 입술을
축여줄 〈쉼표〉는 없느냐?

공동변소—

오랫동안 시청의 소제부가 잊어버린 질식한 똥통 속에

어느 곳 센티멘털한 영양(令孃)이 흐리고 간

타태(墮胎)한30) 사아(死兒)31)를 시(市)의 검찰관의

삼각의 귀밑 눈이 낚시질했다

—시(詩)다—브라보—

나기를 너무 일찍이 한 것이여

생기기를 너무 일찍이 한 것이여

---

30) 분만기가 되기 전에 태아를 모체 밖으로 배출하는 일.
31) 죽은 아이.

감격의 혈관을 탈장당한
죽은 〈언어〉의 대량 산출 홍수다.
사해(死海)의 혼탁- 경계해라

시(詩)의 궁전에-골동의 폐허에
시(詩)는 질식했다
안젤러스여
선세기의
오랜 폐인
시(詩)의 조종을
울려라
1930년의 들에
예술의 무덤 위에
우리는 흙을 파 엎자

〈애상〉의 매음부가
비장의 법의(法衣)를 도적해 두르고
거리로 끌고 간다
모-든 슬픔이
예술의 이름으로
대륙과
바다-
모-든 목숨의
왕좌를 짓밟는다

탁류- 탁류- 탁류
센티멘털리즘의 홍수
커다란 어린애 하나가

화강(花崗) 채찍을 휘두른다

무덤을 꽃피운
구원할 수 없는 황야
예술의 제단을 휩쓸어버리려고

위선자와
느렁쟁이- 〈어저께〉의 시(詩)들이여
잘 있거라
우리들은 어린아이니
심벌리즘의
장황한 형용사의 줄느림에서
예술의 손을 이끌자

한 개의

날뛰는 명사

꿈틀거리는 동사

춤추는 형용사

(이건 일찍이 본 일 없는 훌륭한 생물이다)

그들은 시(詩)의 다리에서

생명의 불을

뿜는다.

시(詩)는 탄다 백 도로―

빛나는 플라티나의 광선의 불길이다

모―든 율법과

모럴리티

선

판단

－그것들 밖에 새 시(詩)는 탄다.

아스팔트와

그리고 저기 레일 위에

시는 호흡한다.

시－ 뒹구는 단어.

잠은 나의 배를 밀고

공회당 꼭대기—
시계의 시침은 〈12〉 위를 분주하게 구르고 갑니다

불을 끕니다
그러면 작은 풍선인 나의 침실은 밤의 부두를 떠
나갑니다

피 섞인 눈동자 흘기는 눈자위 칼날 같은 미소 오
— 잘 있거라
나의 대낮을 찬란하게 달리던 것들이여

잠은 나의 배를 밀고
지구를 멀리 떠나갑니다

밑 없는 어둠의 물바퀴 속에
물거품처럼 뒹구는 지구를 버리고
멀리 멀리 나의 배는
별들의 노래에 이끌리며
푸른 꿈의 바다 위를 드놀며 미끄러져 갑니다

아롱진 기억의 옛 바다를 건너

당신은 압니까.

해오라비[32]의 그림자 거꾸로 잠기는 늙은 강 위에 주름살 잡히는 작은 파도를 울리는 것은 누구의 장난입니까.

그리고 듣습니까. 골짝에 쌓인 빨갛고 노란 떨어진 잎새들을 밟고 오는 조심스러운 저 발자취 소리를—

클레오파트라의 눈동자처럼 정열에 불타는 루비 빛의 임금(林檎)이 별처럼 빛나는 잎사귀 드문 가지에 스치는 것은 또한 누구의 옷자락입니까.

---

32) '해오라기'의 방언.

지금 가을은 인도의 누나들의 산호 빛의 손가락이 짠 나사의 야회복을 발길에 끌고 나의 아롱진 기억의 옛 바다를 건너옵니다.

나의 입술 가에 닿는 그의 피부의 촉각은 석고와 같이 희고 수정(水晶)과 같이 찹니다.

잔인한 그의 손은 수풀 속의 푸른 궁전에서 잠자고 있는

귀뚜라미들의 꿈을 흔들어 깨우쳐서 그들로 하여금 슬픈 소프라노를 노래하게 합니다.

지금 불란서 사람들이 좋아한다는 검은 포도송이들이

사라센의 포장에 놓인 것처럼 종용히[33] 달려 있는 덩굴 밑에는 먼 조국을 이야기하는 이방 사람들

의 작은 잔채가 짙어갑니다

　당신은 나와 함께 순교자의 찢어진 심장과 같이 갈라진
　과육에서 흐르는 붉은 피와 같은 액체를 빨면서 우리들의
　먼 옛날과 잊어버렸던 순교자들을 이야기하며 웃으며 이야기하며 울려
　저 덩굴 밑으로 아니 오렵니까.

---

33) 성격이나 태도가 차분하고 침착하게.

폭풍 경보

동북 —
1만 8천 킬로 미돌(米突)[34]의 지점 —
폭풍이다.
사나운 먼지와 불길을 차 일으키며
폭풍을 뚫고 나가는 산병선(散兵線).[35]

살과 살의 부딪침 번쩍이는 불꽃 —
군중의 꿈틀거림 — 외침.
투닥 탁 탁
〈저 병정 정신 차려라.
총알이 너의 귀밑 3인치의 공간을 날지 않니?〉
아세아의 지도는 전율한다.

---

34) 미터.
35) 산개(散開)로 이루어진 전투 대형의 선.

투닥 탁 탁

으아─ㅇ 앙

르르르르르르르

타당

탕─

〈평화올시다. 평화올시다〉

예, 라우드 스피─커를 부는 자식은 누구냐?

미친 소리.

제네바의 신사는 거짓말쟁이다.

너는 발칸의 옛날을 잊어버렸느냐?

홀룸바이트의 상공에서

피에 젖은 구름장이 떠돈다. 또 저기─

사막을 짓밟는 대몽고의 진군을 보아라.

동북—
1만 8천 킬로 미돌(米突)의 지점—
또 폭풍이다 폭풍이다.

투닥 탁 탁
이 병정 정신 차려라

용의— 돌격

초승달은 소제부

오늘밤도 초승달은
산호로 짠 신을 끌고
노을의 키－를 밟고 내려옵니다
구름의 층층대는 바다와 같이
유랑한 손풍금이라오

어서 오시오 정다운 소제부－

그래서 그는 온종일 내 가슴의 하상(河床)에 가라
앉은
문명의 엔진에서 부스러진 티끌들을
말쑥하게 쓸어 주오

그러고는 나에게 명령하오

그가 좋아하는 시(詩)를 써 보라고-
(요곤 주제넘게 시(詩)를 꽤 안다)

그러면 그와 나 손을 마주잡고
바닷가로 내려갑니다
피곤할 줄 모르는 무도광인 지구에게
우리의 시(詩)를 들려주러

도금칠한 팔뚝시계 대신에
장미의 이야기를 팔아 버린 겁 모르는 말괄량이에게
고향의 노래를 들려주러-

바다의 향수

1

날마다 푸른 바다 대신에
꾸겨진 구름을 바라보러
엘리베이터-로
5층 꼭대기를 올라간다……

2

파랑 파라솔을 쓴
기선회사의 깃발과
파랑. 〈파라솔〉을 쓴
〈아라사〉의 아기씨들이

옥색의 손수건을 흔드는 부두의 거리에서는

바다는 해관(海關)의 지붕보다도

높은 곳에 있었다.

기ㅡㄴ 〈시멘트〉의 축대를 돌아가면

갑자기 머리 위에서

물결의 지저귐이 시끄러웠다.

고집은 조각지36)들이

아직도 밤을 깨물고 놓지 않는 모래 물에는

까치들이 모여 와서

아무도 모르는

조국의 옛 방언을 지껄이고

남빛 목도리를 두른 섬들 사이를 호고

---

36) 조개의 방언.

흰 선수의 복장을 입은 중기선들이
다다다다다다다
바다의 등을 황용 기어 올라갔다……

3

오늘도
푸른 바다 대신에 꾸겨진 구름을 바라보러
엘리베이터로
5층 꼭대기를 올라간다
거기서 우리들은
될 수 있는 대로 머ー르리 고향을 떠나 있는 것처럼
서투른 손짓으로 인사를 바꾸고

그러고는 바닷가인 것처럼
소매를 훨씬 걷어 올리고 난간에 기대서서
동그랗게 담배 연기를 뿜어 올린다.

쉬-르레알리스트

거리로 지나가면서 당신은 본 일이 없습니까
가을볕으로 짠 장삼을 두르고
갈대 고깔을 뒷덜미에 붙인 사람의
어리꾸진 노래를—
괴상한 춤 맵시를—
그는 1950년 최후의 시민—
불란서 혁명의 말예(末裔)의 최후의 사람입니다
그의 눈은 프리즘처럼 다각입니다.
세계는 거꾸로 채광되어 그의 백색의 카메라에 잡
혀집니다
새벽의 땅을 울리는 발자국 소리에 그의 귀는 기울어
지나
그는 그 뒤를 따를 수 없는 가엾은 절름발이외다.
자본주의 제3기의 메리 고—라운드로

출발의 전야의 반려(伴侶)들이 손목을 이끄나

그는 차라리 여기서 호올로 서서

남들이 모르던 수상한 노래에 맞추어

혼자서 그의 춤을 춤추기를 좋아합니다.

그는 압니다. 이윽고 카지노폴리의 주악(奏樂)은 피곤해 끝이 나고 거리는 잠잠해지고 말 것을 생각지 말으세요.

그의 노래나 춤이 즐거운 것이라고 그는 슬퍼하는 인형이외다.

그에게는 생활이 없습니다.

사람들이 모—두 생활을 가지는 때

우리들의 피에로도 쓰러집니다.

연륜

무너지는 꽃 이파리처럼
휘날려 발 아래 깔리는
서른 나문 해야

구름같이 피려던 뜻은 날로 굳어
한 금 두 금 곱다랗게 감기는 연륜

갈매기처럼 꼬리 덜며
산호 핀 바다 바다에 나려 앉은 섬으로 가자

비취빛 하늘 아래 피는 꽃은 맑기도 하리라
무너질 적에는 눈빛 파도에 적시우리

초라한 경력을 육지에 막은 다음

주름 잡히는 연륜마저 끊어버리고
나도 또한 불꽃처럼 열렬히 살리라

제야

광화문 네거리에 눈이 오신다
꾸겨진 중절모가 산고모(山高帽)가 베레가 조바위
가 사각모가 샷포가
모자 모자 모자가 중대가리 고치머리가 흘러간다.

거지 아이들이 감기의 위험을 열거한
노랑 빛 독한 광고지를
군축호외(軍縮號外)와 함께 뿌리고 갔다.

전차들이 주린 상어처럼
살기 띤 눈을 부릅뜨고
사람을 찾아 안개의 해저로 모여든다.
군축(軍縮)이 될 리 있나? 그런 건
목사님조차도 믿지 않는다더라.

마스크를 걸고도 국민들은 감기가 무서워서
산소흡입기를 휴대하고 다닌다.
언제부터 이 평온에 우리는 이다지 특대생(特待
生)처럼 익숙해 버렸을까?

영화의 역사가 이야기처럼 먼 어느 종족의 한조각
부스러기는
조고만한 추문에조차 쥐처럼 비겁하다.
나의 외투는 어느새 껍질처럼 내 몸에 피어났구나.
크지도 적지도 않고 신기하게두 꼭 맞는다.

시민들은 가족을 위하여
바삐바삐 데파―트로 달린다

(그 영광스러운 유전을 지키기 위하여……)
애정의 뇌옥(牢獄) 속에서 나는 언제까지도 얌전한
포로냐?
아내들아 이 달지도 못한 애정의 찌꺼기를
누가 목숨을 내놓고 아끼라고 배워 주더냐?
우리는 조만간 이 기름진 보약을 구토해 버리자.

아들들아 여기에 준비된 것은
어여쁜 곡예사의 교양이다.
나는 차라리 너를 들에 놓아 보내서
사자의 울음을 배우게 하고 싶다.

컴컴한 골목에서 우리는 또
차디찬 손목을 쥐었다 놓을 게다.

그리고 뉘우침과 한탄으로 더렵혀진
간사한 일 년의 옷을 찢고
피 묻은 몸뚱어리를 쏘아보아야 할 게다.

전쟁의 요란 소리도 기적소리도 들에 멀다.
그 무슨 감격으로써 나에게
캘린더를 바꾸어 달라고 명하는
바티칸의 종소리도 아무것도 들리지 않는다.

광화문 네거리에 눈이 오신다. 별이 어둡다.
몬셀 경의 연설을 짓밟고 눈을 차고
죄 깊은 복수 구두 키드 구두
캥거루 코도반 구두 구두 구두 들이 흘러간다.

나는 어지러운 안전지대에서
나를 삼켜 갈 상어를 초조히 기다린다.

김기림(金起林, 1908.05.11~?)

본명 김인손(仁孫), 호는 편석촌(片石村).

1908년 5월 11일 함북 학성군 학중면 출생

1915년 임명(臨溟)보통학교 입학

1921년 서울 보성고등보통학교 중퇴 후 도일하여 릿쿄오중학 편입

1926년 일본 니혼대학 문학예술과 입학(1930년 졸업)

1936년 일본 토오쿠제국대학교 영어영문학과 입학(1939년 졸업)

1945년 조선문학가동맹의 조직활동 주도

1950년 한국전쟁 중 납북

주요 저서

시집 『기상도』(1936)

　　『태양의 풍속』(학예사, 1939)

　　『바다와 나비』(신문화연구소, 1946)

　　『새노래』(아문각, 1948)

평론집 『문학개론』(문우인서관, 1946)

　　　『시론』(백양당, 1947)

　　　『시의 이해』(을유문화사, 1949)

수필집 『바다와 육체』(평범사, 1948)

1930년 일본에서 귀국 후 조선일보사 학예부 기자를 지내면서 조선일보에 〈가거라 새로운 생활로〉를 발표하면서 문단에 등단하였다. 또한 같은 신문에 평론 〈시의 기술 인식 현실 등 제문제〉를 발표하며 문학평론에도 뛰어들었다. 1931년 낙향하여 '무곡원(武谷園)'이라는 과수원을 경영하며 창작에 전념했다.

1933년 이상·이효석·조용만·박태원 등과 함께 구인회를 결성하였고 이때부터 본격적으로 시를 쓰기 시작하여 1936년 첫 시집 『기상도』를 발표하였다. 이양하·최재서 등과 함께 주지주의 문학을 소개하는 데 앞장섰으며, 특히 I. A. 리차즈의 이론을 도입하고 이를 바탕으로 자신의 문학이론을 정립했다. 1942년 낙향하여 경성중학에서 영어와 수학을 가르쳤다. 1945년 광복 후에는 조선문학가동맹의 시부 위원장으로 활동했으나, 다음 해 공산화된 북조선에서 월남하여 남한 정부 수립 즈음에 탈퇴하였다. 중앙대학교와 연희대학교 강사로 일하다 서울대학교 조교수가 되었고, 신문화연구소를 설립하기도 했다. 한국

전쟁 때 납북되어 이후 죽은 것으로 알려져 있다. 또한 정부 수립과
더불어 전향을 한 후에는 자신의 시론을 정리하고,『문장론 신강』등
의 문학이론서를 내기도 했다.

1990년 6월 9일 동료 시인 김광균, 구상 등이 주도하여 모교인 보성
고등학교에 김기림을 기리는 시비를 세웠다.

주요 작품으로 1931년 시「고대(苦待)」(1931),「날개만 도치면」
(1931)을 발표한 후, 시「어머니 어서 일어나요」(1932),「오 어머니
여」(1932),「봄은 전보도 안치고」(1932) 등을 발표했으며,「현대시
의 기술」(1935),「현대시의 육체」(1935),「모더니즘의 역사적 위치」
(1939) 등 주지적 시론과「바다의 향수」(1935),「기상도」(1935) 등
중요한 시들을 계속 발표했다. 시집으로『기상도』(1936),『태양의 풍
속』(1939),『바다와 나비』(1946),『새노래』(1948), 수필집『바다와
육체』(1948), 평론집『문학개론』(1946),『시론』(1947),『시의 이
해』(1949) 등이 있다.

김기림의 문학적 활동은 창작과 평론 활동으로 크게 나누어진다.
초기의 그의 작품은 감상주의에 대한 비판과 새로움의 추구로 요약된
다. 그는 과거의 시들이 감상주의에 사로잡혀 허무주의로 흐르고 있
다고 지적하고, 이에서 벗어나기 위해 건강하고 명랑한 '오전의 시론'

을 가져야 한다고 주장한다. 이는 김기림이 근대화와 그에 따른 물질 문명의 발전을 긍정적으로 평가하는 데서 비롯된 것으로써, 시에서 역시 밝고 건강한 시각적 이미지들이 주를 이룬다. 초기의 김기림의 시들은 『태양의 풍속』에 수록되어 있다.

중기의 작품들은 세계적인 불안사조의 유행과 근대화의 허실에 대한 깨달음으로 인해 자본주의에 대한 비판과 지식인으로서의 자각을 보여준다. 김기림은 시각적 이미지 또는 회화성만을 추구하는 시는 또 하나의 순수주의에 지나지 않으며, 시는 시대정신을 담아야 한다고 주장하게 된다. 이때 시인은 자본주의 사회의 부산물인 인텔리겐챠로 파악되며, 대중에게 시대의 가치를 전달하는 중요한 임무를 맡게 된다. 자본주의 사회에 대한 비판은 장시 「기상도」에서 보다 분명하게 드러나 있다.

후기의 작품은 광복을 전후한 시기로서, 이때 김기림은 문학의 사회 참여를 가장 중요한 역할로 꼽고 있다. 그가 조선문학가동맹에 참여하고 사회참여를 주장하는 글을 발표한 것은, 시대정신을 전달하는 것을 시의 목표로 설정했던 중기의 입장과 같은 맥락에서 파악할 수 있다. 그는 광복기를 시인이 공동체 속에서 그들을 대변할 수 있는 적절한 시기라고 보았기 때문이다.

이러한 인식은 시에도 그대로 반영되어 『바다와 나비』에서 보였던 우

울하고 개인적인 성향 대신 『새노래』에는 새로운 국가 건설을 위한

강하고 희망찬 의지가 주종을 이루고 있다.

큰글한국문학선집: 김기림 시선집

바다와 나비

© 글로벌콘텐츠, 2015

1판 1쇄 인쇄_2015년 06월 10일
1판 1쇄 발행_2015년 06월 20일

지은이_김기림
엮은이_글로벌콘텐츠 편집부
펴낸이_홍정표

펴낸곳_글로벌콘텐츠
      등 록_제25100-2008-24호

공급처_(주)글로벌콘텐츠출판그룹
      기획·마케팅_노경민   **편집**_김현열 송은주   **디자인**_김미미   **경영지원**_안선영
      주소_서울특별시 강동구 천중로 196 정일빌딩 401호
      전화_02-488-3280   **팩스**_02-488-3281
      홈페이지_www.gcbook.co.kr

값 16,000원
ISBN 979-11-85650-97-5 03810